아직은 나도 모른다

아직은 나도 모른다

아직은 나도 모른다

박 경 원 시 집

창비

차 례

제3부

제4부

제1부

지금, 이 시대

나는 내가 아니고 싶다
그때그때마다 그때에 알맞은 어떤 짐승
늑대면 늑대 사슴이면 사슴
사자면 사자 누우*면 누우, 아니면 어떤 물건
새것이거나 아직도 쓸 수 있거나
폐기물이거나 재활용품이거나

그렇다 나는 그 모든 것
그러니 나는 그 무엇도 아닌 것
그렇다 나는 그 모든 것과 바꿀 수 있는 것
바꿀 수 있을 때의 고유한 가치
그래, 나는 화폐 아니면 신용카드
그러니 나는 그 아무것도 아닌 것

* 아프리카 쎄렌게티 평원에서 떼거리로 몰려다니며 살아가는 들
  소의 이름.

회상에서 깨고자
어떤 폭력에 대한 기억

야산 등성이에
무리 지어 피어 있는 꽃대궁이들
어린 날의 매질에 회초리와도 같은
그 대궁이들
신 콧등에 떨어지던 눈물 되게
볼을 타고 흐르다 마르던 눈물 되게
산등성이에서 바라보면
나하고는 멀리 떨어진 슬픔이던
하늘, 점점 더 깊어지던 저 속 안
그리고 그 하늘, 눈 시리던 햇빛 사이
깜박 스러지고만 싶던 꽃들
그 무심하던 유혹들
죽음 가까이에 피어난
아픈 슬픔을 아껴 간직할 줄노 모르던
금세 잊고 마는 회초리의 기억들
아, 그 꽃대궁이들
말 없이 무리 지어 피어 있는

새벽이 온다

저 별들이
병이 깊어 힘 잃은 눈꺼풀들이
얼마 남지 않은 어둠속에
스러진다
간절한 소원을 담고 흐르는 시간을 따라
검은 천에 스미는 물기처럼
자신의 흔적을
숨긴다
부끄러우니 사라져야지
그러나 그 말 나오기도 전에
이미 사라졌다
놀라운 탄식의 마지막 입김 속에
몸을 누이는
들꽃 더미처럼
어느 사랑하는 이의 발치에
바쳐지기 위하여
바쳐진 채

시들어가기 위하여
   (그래도 세상은
   기쁨으로 붉어진 뺨을 감추지 않는군)

지도 위의 정찰

집념을 누그러뜨리고서야 성정이 순해졌다
다 포기한 것은 아니지만
그러저러한 것을 대충 포기한 다음의 일이다
그러고 보니 이제는 참으로 비어 있는 땅이 많다
낯설어 새삼스러우니 여기저기 허전함으로 드러난다
예전만큼 팔팔하지는 않으나
남들 죽는 나이 보면 살아갈 날 아직 창창하니
이제 무엇으로 저 빈 땅을 메울 것인가
아니면 노는 땅으로 두고 말 것인가
저마다 기웃거리며 한마디씩 하는 꼴은 어찌 볼 것이며
그대로 두면 묵정밭에 잡초만 욱대길 것이니
그 꼴은 또 어찌 볼 것인가
버릇이란 참으로 무서운 것이어서
또 땅을 갈아보려는 마음이 불끈 솟아난다
내친김에 무엇을 심글까 무엇을 심거야
그중 소득이 나을까 하는 생각도 없지 않다
미친 말처럼 내달리는 시간의 등짝에 매달려

떨어지지 않으려고 갈기를 틀어쥐고
또다시 비지땀 생땀으로 버둥거리며
어디로 가는지도 모르면서
눈 감고 내처 달려야 하나 하는 생각도 든다
이만큼 타고 봤으면 이제 좀
천천히 달리게 길들일 때도 되었건만
여전히 눈 뜬 장님에
꾸어다논 보릿자루 신세 면치 못한다

키스

나는 저 굳건하던 입술이 달아올라
부드러움과 딱딱함이 어지러이 뒤섞이는 것에 경탄한다
활 모양의 다리와 그 다리의 그림자 사이를 서성이면서
하늘과 물 사이, 일렁이는 수면과
거기 비치는 일그러진 하늘 그림자 사이에서
존재와 운명이 뒤바뀌는 순간, 일파만파로
그녀와 나의 존재와 운명이 확산되는 그 순간을
나는 기다려왔다
망설이지 말라, 아니다 망설여라
새삼스럽게도 나는 지금
내가 육체의 영혼임을 부끄럽게 생각한다
아니다, 감출 수 없는 몸이 있으므로
나는 그녀에게 이끌리리라
처음에는 그녀의 두 눈 사이
영혼이 스며나올 것만 같은 곳
그 언저리 어느 허공에서 나의 시선이 흔들린다
영원히 빛을 잃어

아무것도 보지 못할 것처럼 멍한 눈길이
흔들린다, 그리고 이제 막 조용히 잠들려는 듯이 무심한
그녀의 어깨 위에서 나는 절망한다
아니다, 그렇지 않다 입술이여
너는 퍼덕이는 생명의 증인으로 살아 있다
그리고 지금, 떨리는 눈썹 아래 빛나는 눈동자가
너무 가까이에서 서로를 바라본다
얼굴을 뚫고 나가 상대방 뒤통수 쪽 먼 곳 어딘가를
또렷이 보려는 것처럼, 들여다본다
아, 그리고 거기, 번개처럼 빠르게 마주쳤던 시선이 이내
열에 녹아내린 듯이 얽혀버린다
순간순간의 탄식을 헤치고 나아가
서로의 등을 아금박스럽고도 산뜻하게
움겨쥐고 쓰다듬는 손처럼
얽혀버린다, 우주의 끝날까지
부둥켜안은 화석이어야만 하는 것처럼

불

참회의 서(書), 아니면 아그니*에 대하여

불이신 당신께 내가 가서 탑니다
살이 타고
살 속에 묻힌 뼈가 무너져내려
온몸이 불길에 휩싸입니다
때로는 사랑의 헛된 약속의 손가락의 손톱이
나의 뇌리를 후벼
감춰둔 고뇌의 얼굴에 내리는 달의
슬픈 아름다움으로 떠오를 때도 있지만
그것은 환상, 그리고 그 환상의 날개의 추락
또 그 환상의 날갯죽지마저 타서
소꿉장의 그을린 사금파리의 잔해가
내 피 마르고 재[灰] 된 심장에 떨어질 때
아, 그것은 숨어서 자라는 상처
그 상처를 절이는 소금 알갱이
또는 그 상처로 자라는 당신의 손가락입니다
오 불이신 당신이여
잔해의 빛나는 평안이여

스스로 불타오르는 내 미친 짓이여

* 힌두 신화에 나오는 불의 신. 정화(淨化)의 권능을 가진 신이다.

루룰룰루 라랄랄라

나 일찍이 깨달음이나 그것을 구하는 일에
미혹되지 않으려 하였으니
그로 말미암아 배고프고 목마를 일 하나 없구나
이로부터 줄곧 무식하므로
괜한 걱정 하나는 던 셈이로다
눈에 보이기로 몰라서 답답한 일 있기보다
알아서 욕된 일 많으니
깨달음 얻어보리라는 사기 놀음에는
기어코 가담하지 않으리라
깨달음보다 급한 일 지천이며
깨달았다 하나 깨닫지 않은 것만 못한 일
또한 지천이로다
이로부터 화두인지 공알인지 하나 얻었으니
　　안 속아, 안 속아, 나는 안 속아
　　속고 싶으면 너나 속아라
경전 따위를 읽으며
어렵게 아는 일에 즐거워하는 이 적지 않으나

그것이 내게 무슨 도움을 주랴
아니면 네게 무슨 보탬이 되랴
잘난 일은 잘난 사람들만으로 족하니
그 대열에 끼어 기뻐할 일 하나 없구나
이로써 사람으로 흉내 잘 내는 원숭이의 길 탐하여
그 원숭이 공경하는 일도 모두 버렸으니
그래도 아쉬운 사람 있으면 잘해보려무나
흥정이란 이문 남기는 것이 그중 으뜸이로다

나무, 또는 나의 동반자인

내 매양 그대 생각하면
그대는 내 마음의 바람 속에
자라고 있는 나무와 같다
이처럼 그대가 그대의 아들에게 하듯이
내 머리 쓰다듬고 잠 재우는 그늘 주며
어쩔 바 모르는 젊은 날의 산책길에
나무, 또는 나의 동반자인 그대
괴로움의 뒤엉키고 매듭진 뿌리이며
내 마음속 정겨운 징표로 옹이 지고
평온한 날 물 위 바람으로
깜빡, 오랜 날을 보내온 양 무늬결 지니는
그대, 이 모든 자연스러운 것들의 심성으로
잠들며, 또한 새벽 속에 이슬 뿌리고 기지개 켜는
그대, 품안에 새 기르고
그 새의 노래에 정신 팔려 귀 기울이고
때로 장난처럼 그 새 날려보내기조차 하는
나무, 또는 나의 동반자이며
그대 속의 나인 그대

앵무새

앵무새는 조롱 안에 갇혀 있다가
인간에게서 말을 배운다
겉치장과 사교를 몸에 익힌다
그는 우주를 잃고도
잠을 편히 자는 새다

지상의 나날에 대한 구어체적 관찰

기회와 함께 약속이라네
우리 인생
가질 수 없는 것을 갖게 되는 지옥이라네

거짓말은 내 몫이라네
자네들은 모두 참말만 하게

듣지 않는 이야기라도 지껄이게
나는 믿겠네

　　꿈도 꾸지 말어
　　그런 생각일랑 허지도 말어
이런 식으로는 이야기하지 말게

있지도 않은 이야기 하지도 말게
사실도 진실도 말하지 말란 말일세

속마음을 털어놓자면

사실이나 진실만 이야기하란 말일세

자네 마음대로 하게
배짱대로 하란 말일세

잡놈처럼 행세하란 말일세
뭐, 내가 틀린 말 한 적 있는가

내게 시비는 걸지 말게
자네 마음대로 하게

내가 무슨 자네에게
못할 말 한 적 있는가
안되라고 고사 지낸 적 있는가

믿으려면 믿고 말라면 말게
참 좆 같은 세상일세

세월 속으로

세월 속으로
격리된 삶 속으로
격리된 여자를 만나러 떠난다
때로는 바람둥이처럼
격리된 여자들을 만나러
떠난다, 전염병에 걸린 그녀에게로
감염되기 위하여
또는 면역성을 갖고, 그리고 치유되기 위하여
또한 그녀로부터 다시 떠나기 위하여
아니면 병상에 누워
한가하고
힘없이 이 병실이 아름답게 보이는, 그곳에
더이상 떠날 수도 없이
뒹굴기 위하여

사랑가

핏줄이 춤을 춘다
내가 당신과 은밀히 내통할 때
당신은 하품하고
나는 노래한다
건방지게 핏줄이 춤을 춘다
무엇인가 택하여야 할 때
나는 당신의 젖꼭지를 택하고
나는 당신의 배꼽을 택한다
나는 언제나 당신과 은밀히 내통한다
가는 대롱을 따라서 꿀물을 빨 때
핏줄이 춤을 춘다
질투하지 말라
핏줄이 춤을 춘다
아무도 놀라지 않을 나와 당신의 그림자에
사랑이 놀라 자빠질 때
핏줄이 춤을 춘다

후떼이센징*

후떼이센징
끊임없이 자질구레한 법을 어기고
법을 어기고도 끊임없이 항의하고, 그리고

그리고 훈계 듣기를 좋아하고
끝내는 훈계의 내용을 진정으로 이해할 줄 아는 사람
사람들, 후떼이센징

보드랍게 말하자면
'한 말씀'에 온몸을 부르르 떠는 사람들
후떼이센징

갖은 고생 끝에 나도
당신 말을 이해하고 체득하게 되었노라고
수줍은 낯색으로 더듬거리며 말하고 싶은
정말로 그 말 한번만은 꼭 하고 싶은
사람들, 후떼이센징

너희는 노예들이다, 역시나
내가 보기에는, 후뗴이센징

실질이 중요한 걸 알지만 그보다도 너무나
너무나 '정신'을 사랑하는 사람들
후뗴이센징

정신보다도 정신보다도, 아니다
이런 식의 태도가 당신의 영혼의 것이기를
후뗴이센징

* 일제 때 일본인이 조선인을 얕잡아 부른 말의 하나. '뒤에서 못
  된 음모나 꾸미는 인간'이란 뉘앙스가 담겨 있다.

가객의 꿈

동시에 여러 나무에서 노래하려던 새가
내 가슴 안에서 죽었다
　　회상하건대 그 새는
참으로 바지런히도 뛰어다녔다
이 나뭇가지에서 저 나뭇가지로
　　번다하게도
시간 너머에 존재하려는 욕망이
부단한 연습의 막바지에서
경망스런 작태를 드러냈다
　　이루어질 수 없는 꿈
동시에 여러 나무에서 노래하려고 부린
둔갑술의 잔해로서
몸을 찢어발겨 널어놓은 채, 새는
　　그것을 바라보는 내 눈의
고인 눈물에조차 노래를
남기지 못했다
　　푸른 하늘 아래

아무런 기쁨도 간직하지 못한 채
굶주려 드러난 가슴뼈처럼
부러지기 쉬운 마른
　　나뭇가지들을 내버려두고

문명·기계·사랑

['절제'를 용해한 저농도의 혈관주사 투여]
피의 자유분방함
팽배한 욕정의 순환운동
윤활한 움직임의 피스톤, 톱니바퀴
이 모든 기계들의
생산을 향해 줄달음치는 광기(狂氣)
구토를 동반하는 환각 중상의 멀미
혈관의 압력 한계치를 오르내리는 피의 해일의
한계 파괴적 몸부림
삐걱이다 부들부들 떨다 하는 십자가에서
빠져나온 피 묻은 못
예수라는 이의
    (또는 그 옆에서 함께 매달린 도둑도 상관없다)
사랑에 대한
새로운 또다른 해석

제2부

혁명의 씨앗

정직해야 한다는 사람이나
정직한 척하는 사람이나 한가지로
우스운 사람들이다
그것밖에 모르는 사람에게는
그렇게 산다는 것이야말로
영 부드럽지도 않고
때에 따라서는 피를 말리게 힘드는 노릇이기도 하다
그러니 그런 사람들이야말로
어떻게 그렇게 하지 않고도 사는 길 없을까
하는 생각을 때마다 하기 마련이다
이다지도 사는 것이 힘들어
너무 힘들어 그럭저럭 살거나
사기도 좀 치면서 살았으면 참 괜찮겠구마는
꿈이란 늘 잘하기 어려운 일에 대하여 꾸기 마련이니
그것도 아무나 하는 것이 아니다
아무래도 사람은 한가지로밖에 살 수 없는 것인가
이런 생각마저 들 때면, 낙망한 나머지

변하지 않는 삶에 열화가 쌓이기도 한다
이럴 때 종교서적 따위
이를테면 경전 같은 것을 뒤적이거나
공간이동법이나 시간이동법을 생각하기도 한다
시작은 이렇게 되는 것이다

한가해야 마땅하나
그렇지 못했던 기이한 저세상 여행

저기 푸른 수풀이 불타고
이내 마지막 잿빛이 남는다
죽음조차도 사라진 정적의 마지막 잿빛이
거기에 젊은 얼굴이 서서
낯설게 나를 바라본다
나는 울음을 터뜨리고 싶은 심정이었지만
오늘의 나의 울음조차 거두어 가지고 있는
맑은 눈의 젊은 얼굴이
아직도 그대로
푸른 숲이 있기라도 한 것만 같은 표정으로
낯설게
나를 바라본다
나는 등 뒤쪽을 두려워하여 망설이면서
걸음을 옮긴다
변함없는 풍경이라고 생각하면서
아니, 알고 보니 제자리걸음으로
걷는다, 장소이동이 가능하다고 믿어보면서

바람도 없는데 공연히
옷자락만 펄렁거린다고 투덜투덜
초조해하면서

날 흐린 날의 회상

오늘 아침 날씨 찌푸리고
내가 서 있는 대청마루 유리창 너머의 하늘에
오랜만에 까마귀 떼가 날고 있다
이런 날 까마귀들은
생각이라고는 모두 증발해버린 나의 표백된 마음에
그들의 그림자를 드리우며 살고 있는 것이다
이제 나는 오래 전부터
나에게 다가올 일들을 기다리고 있었던 듯싶어진다
또는 내가 기다리던 나의 죽음의
시신의 눈알을 쪼아먹고 자란 그 떼거리들의 날개가
불현듯 또다시
나의 마음이 일으키는 삶에의 애착을 거두어들여
그들의 둥지로 날고 있었던 듯싶어진다
이런 날 나는, 정말 오랜만에 아직도
그들이 나의 시신의 눈알을 쪼아먹고 있어
내 두개골이 울리는 소리를 들을 뿐만 아니라
애초에 그들이 나의 마음에 둥지를 틀고 있어

나의 가슴으로부터 날아갔던 사실조차

기억해내게 되는 것이다

위리안치(圍籬安置)의 유배지에서

순박하다고 ^
    그래 멍청하단 말이지
순박한 것은 아름답다고 ^
    그래 멍청한 그대로 살란 말이지
순박한 것은 아름답고 감동을 준다고 ^
    그래 멍청한 채로 살면서 다른 마음은
    먹지 말란 말이지
순박한 것은 아름답고 감동을 주니까
보존해야 한다고 ^
    그래 멍청한 채로 살면서
    딴 생각 품지 말고
    딴 곳으로 집도 옮기지
    말란 말이지

* ^ 표시된 곳은 조금 올려 읽을 것. 확인하는 투로 물어보듯.

칼

칼이 울고 있다고
칼이 울고 있다고
칼이 울고 있다고, 칼 ^
보검 명궁이 울고 있다고 ^
벽에 걸린 그것들이 울고 있다고 ^
피 생각하며
꿰뚫릴 심장 생각하며
울고 있다고 ^

* ^ 표시된 곳은 조금 올려 읽을 것. 미심쩍어하는 투로.

기침하는 사내

애당초 자네의 가슴에는 평화가 있었다네
그러더니 기어이는 그것을 하나씩 날려보내더군
한마리 비둘기마다 방울방울의 피가 튀었어
나는 자네의 벌려지는 입을 볼수록
그놈 참 날쌔게 튀어나가더군
오히려 나는 하얀 영혼이
자네의 가슴으로 뛰어드는 줄 알았단 말일세
나는 바람에 날리는 촛불을 보는 듯했다네
나는 자네가 죽을 결심을 한 줄 생각했지
그렇게 몸부림치는 자네를 두고
나는 눈물이 맺힌 채 잠이 들었던 것 같네
날이 밝아오기 시작했는데
자네는 흘러드는 안개에 싸여
정말 너무도 태연했다네

미치는 것은 쉽다

이미 충분히 깨달은 너희에게는
이 세상 일이 안중에 없겠구나, 그러니
눈이 뒤집힌 놈들, 재벌 권력자 언론인
종교인, 그리고 기타 등등의
스스로 또는 저희끼리
내놓고 또는 숨기며 오피니언 리더라고
자부하는 놈들, 세련되게도
이빨 감추고 으르렁거리는 법 알고 있구나, 세련되게도
그러니, 너희놈들은 무언가를 위하여 훈련된 개새끼들
제 인생을 무슨 먹을 것으로 생각하고
제 살과 피와 뼈
내장(물론 그 안의 덜 소화된 것과 다 소화된 똥도)과
털 뭉치와 손발톱
코딱지와 숯불과 양수와 오줌, 거기에다 태아까지도
한 점 한 방울 한 조각 남기지 않고
뜯어 먹고 씹어 먹고 핥아 먹으려고 우루루
몰려다니고 있구나, 우루루

몰려다니는 공동의 사냥법을 알고 있구나, 우루루
그러니 나는 너희를 기갈에 복종하는 똘마니라고
부른다 부를 테야 부를까
내가 말은 이렇게 하지만 사실은 네놈들이
무섭다 무서울 테야 무서울까
와우, 나의 내장벽 안쪽은 물론
불알과 똥구멍 사이 그 어느 지점까지도 소름이 돋는
구나
나를 사자 무리에 쫓기는 스프링 벅*이라고 생각해볼까
나 사는 세상 움직이는 이치를
자연의 법칙이라고 확 불어버릴까
이것마저도 네놈들끼리 네놈들 마음대로 네놈들 입맛
에 맞게
마치 '인민의 인민에 의한 인민을 위한' 것처럼
이미 정한 것만 같은 느낌이 드는구나, 왠지
왠지, 나는 예전에 미쳤기 때문에 지금
횡설수설하는 것만 같구나

아, 너희놈들이 내 머리 속에 기계 벌레를 집어넣었어

너희놈들이 내 귀에 도청장치를

그놈의 도청장치를 했어, 꺼내주세요, 제발

꺼내주세요, 지금 누가 나를

미행해요, 저기 나무 그늘 밑에 검은 안경 쓴 신사

보이죠, 저놈입니다, 틀림없습니다, 저놈이에요

지금 이쪽으로 오고 있잖아요

…………

칙 치익, 작업 끝 작업 끝

지금 곧 약속한 물건 가지고 회사로 돌아가겠다

회사로 돌아가겠다,

사장님은 계신가, 알았다, 치익

* 아프리카 쎄렌게티 평원에 사는 영양의 한 종류. 맹수에 쫓길
  때 눌렀다 놓은 스프링처럼 높이 솟구치며 도망친다 해서 붙은
  이름.

동무의 생일에서 돌아오다

1

가벼운 마음으로 돌아오다
친구의 이야기를 듣고서
내 몸에 가지가 솟고 잎이 돋아
한 육십년쯤 피어날 꽃향기를 미리 맡는다
내 꽃이 지면, 향기는 또
다른 날 다른 이의 꽃에서 살아나는 그런 꽃향기를

2

별이 빛난다 별똥별이 흐른다
누가 죽으면 또 한 아이가 태어난다지
많은 손가락들이 받쳐든
그런 꽃도 핀다지
돌아올 때 떼는 걸음마다 나는
이 꽃들을 생각한다

네 앞에 가서

풀어헤쳤던 머리 빗고서부터
나는 네 앞에 갔다
네 앞에 가서
나는 조금씩 네 머리카락에 스며들었다
잠자는 관에게서 삐걱거리는 못 소리의
네가 울고 있으므로
그리고 나도 머리카락으로 잠이 들었다

당신들이여 정말 오래 사시오

전쟁터에서 죽은 사람들 중
사람이 사람을 죽이는 것을 미워한 사람들은
어떤 이들이 바라던 대로
그곳에서
아무 말 없이
죽었다
그들은 죽었으므로
그들의 뜻을
말할 수 없었다
그러니 나는
눈앞의 목숨에 연연해하지 말라고
갖은 아리따운 이름
앞세워 외치며
죽음의 곳으로 사람을 내모는 이들에게
그들의 그 아리따운 뜻 거역하며
말하건대는
　　눈앞의 목숨에

누구보다 연연해하는 자들이
너희들 아닌가
그러나
다시 그들에게
나의 진심을 모두 실어 말하건대는
당신들이여 부디 오래 사시오
그래야 당신들의 아들이나
손자 가운데 누군가가
또다시 아무 말 없이 죽게 될 터이니
그 모양 두 눈으로 잘 볼 때까지
당신들이여 정말 오래 사시오

내 자식들 세대를 생각하며

어떤 이는 진지하거라, 나는 놀아야지
어떤 이는 성실하거라, 나는 놀아야지
어떤 이는 깊이 탐구하거라, 나는 놀아야지
어떤 이는 도저하거라, 나는 놀아야지
어떤 이는 심오하거라, 나는 놀아야지
어떤 이는 크게 깨닫거라, 나는 놀아야지
어떤 이는 집요하거라, 나는 놀아야지
어떤 이는 고뇌하거라, 나는 놀아야지
어떤 이는 엎치락뒤치락 사랑하거라, 나는 놀아야지
어떤 이는 놀거라, 나는 잠자야지
어떤 이는 또 놀거라, 나도 놀아야지

여기서 나는 누구냐고, 정말 노는 사람이냐고
그래 나는 노는 사람, 다큐멘터리 '생명의 신비'
아니면 '우주의 저편'

아직은 나도 모른다

여기서 거기 일은 모른다
바다가 내게 말했다
네놈은 아느냐
거기서 여기 일을
이렇게 시작하여 바다는 거푸
내게 상소리를 해댔다
내가 무얼 물어본 것도 아닌데 제멋대로
명색이 바다라지만 바다 그 자체는 아니고, 그
한 귀퉁이의 귀퉁이의
귀퉁이에 지나지 않는 것이 설치는 꼴이라니
저거 미친 것 아니냐 하고 내도
흥분할 만도 하였지만 참았다
왜냐하면, 그 귀퉁이의 귀퉁이의
귀퉁이가 끊임없이 떠들어대는 바람에 그만
기가 막혀서
그러니 사실 참았다기보다
할말을 잃었다는 게 맞는 말이지

개새끼씹할놈똥물에튀겨죽일놈제에미붙어먹을놈
내가 지금껏 살면서 들어본 것과 아직껏
들어보지 못한 것까지
할말 없는 놈이 퍼붓는 악다구니처럼
상소리를 쏟아붓는구나
나는 감히 있을 수 없는 일이라 하여 떨쳐
일어나려 하였으나
귀퉁이의 귀퉁이의 귀퉁이는 나 같은 것
없는 셈 치고 제 볼일을 보았다, 앞뒤로
다가섰다 물러섰다 하면서, 나오는 대로
씨부렁거리는 짓거리를 하면서
이게 무슨 개수작이란 말이냐
왜 아무런 통보나 예고도 없이 바다가
아니다, 바다 그 자체는 아니고
그 귀퉁이의 귀퉁이의
귀퉁이에 지나지 않는 것이 감히 어디다 대고
이런 개수작을 한단 말이냐

그게 제 놈의 일상 활동이라 한들, 내
그 수작을 듣지 않으면 안될
까닭이 도대체 무엇이냐
제 놈의 생명력이라는 것이 내게
핍박을 강요하다니
결국 알 테면 알고
말 테면 말라는 식의 이야기를
지껄이고 있는 거라고 나는
삭힐 수밖에 없었다, 빌어먹을
네놈의 삶과
나의 삶은 다른 것이라고도

그림자의 유전
어느 병든 젊은이를 생각하며

그 젊은이의 기침은 가래가 끓을 뿐 아니라

침을 뱉어도 멀리 가지 않아

낮은 천장의 방에 누워

창밖 노을에 메마른 심장을 걸어놓고

이미 오래 전에 자신의 생각이나 의지는

떨어진 벽지의 누더기에 매달려

눈을 감으면

이제 자신에게는

별다른 아무 생각도 떠오르지 않음을 생각하고

기분이 가라앉으면

자기 몸이 허공에 떠올라 있는 것을 느끼고

조금 잠들면, 또는 아주 영원히

그대로 잠들면

그 젊은이 주위의 식구들도

다시 그대로 조용히

살게 된다, 아무런 죄 없이

그래, 지금 그 젊은이의 기침은 잠들고

그의 생각이나 의지는 훨씬 그 이전에 조용하여져

주위의 식구들과 함께

살게 된다

거미

유리창 너머 정원의 거미를 본다
유리창 너머 정원의 허공에
머물러 있는 진실이고자 함을 본다
때로 진실의 얼굴이며
때로 진실의 팔다리, 또는 진실의 성기
그리고 때로 진실의 감각기관이어야 할 거미
그의 선대와 후대의
이슬 맺힌 정신들을 구슬 삼아 꿰어들고
거기, 예언의 목소리처럼 허공에 있는
몸으로 살고 있는 거미를 본다
나는 때로
나의 정령이 허공으로 옮아가
거미로 변하려는 것을 느끼고
오한을 일으킨다
이처럼 나의 정령이 거미로 나타나고자 함을
거미는 그 허구를 짜고 있다
먹고 뱉어내는 것 모두 진실이어야 할 거미가

허구를 짜고 있다니
바람이 불 때마다 나는
진실의 추락을 예감하고
또는 진실이 추락하여 또다른 시간 속의 진실에
옮아가 있게 될 것을 예감하고
송두리째 바람에 흔들리고 있는
유리창 너머
정원의 거미를 주시한다

머리 감은 그녀

머리 감은 그녀
빈둥빈둥 뒹굴고 있는 내 곁에 와서
물기 남은 머리를 말리는구나
능숙한 손놀림 날렵하여
부지런한 일손이 드리는 기도 같구나
손가락 펼쳐 머리카락 털 때마다
흩어져 날아 떨어지는 물의 입자들
그녀가 가진 은총 그릇 내게 쏟아져
부서진 별가루로 뿌려지는 듯
내 얼굴과 목 언저리 선뜩선뜩한 데마다
그녀의 부끄러움 내게 옮아와
주근깨로 살아나는 것만 같구나
아, 한가하고 한가하고 대견한 시간
내 마음 저 아래에도 숨어 있는
작은 심장 콩콩 뛰는 그녀의 부끄러움
즐겁구나 내겐 기쁨이구나

제3부

건달처럼

누군가 내 삶을 좌우하는 녀석 있다면
오늘 밤 나를 불러가도 좋으리
세상 구경 할 만큼 했고
세상 일 알 만큼 알았으니
데려가도 좋으리
거기 가서도 나는 계속
말썽을 피울 터이니
좋으리, 여기서처럼 거기 가서도
여자들을 따라다니며, 그녀들을
괴롭힐 터이니(그녀들이 괴로운 것은
　　내가 해코지를 하기 때문이 아니라
　　그녀들이 나를 좋아하기 때문이다
　　나는 의도적인 해코지 따위는 하지 않는다
　　그리고 당연한 일로서 나도 그녀들을 좋아한다)
제발 나를 불러가도 좋으리
이 세상에 남아 더이상
아무 여자도 괴롭히는 일 없도록

아, 지루하게도 똑같은 일
되풀이되는 실수 없도록

병이 도지면

병이 도지면
세상은 한 빛깔의 평면이 되겠지
거기에 누워
나는 한 장의 식물채집이 되겠지
그때
내 몸의 수액이 발가락 끝으로 내려가면
내 발가락은
섬세하게 자라기 시작할 터이고
뿌리 뽑힌 발광은
길게 자라나는 발가락들을
서로 뒤엉켜 떨게 하겠지
병이 도진 몸이 잠깐이라도
빛을 쏘인다면 정말 그러하겠지

나, 새삼 다시 시인이 되려는

배운 것이 도둑질이라고
이렇게 다시 시를 쓴다

남이 보기에
일을 하는 척 놀다가
노는 척 일을 하다가
일도 않고 놀도 않은 지 이미 수삼년

이제야 마지, 못하지, 않은 것처럼
시를 써본다

삼십여년 묵은
사백 수십 편의 물건을 새삼 들추어
먼지 널고 곰팡이 훔쳐내고 때 빼고 광내
  (새삼 하는 일이라 그런지 잘 되지도 않네)
점두에 내놓아보려 한다

틈틈이, 그렇지만 내겐 하루 종일인 틈틈이
새 물건도 좀 만들어본다
옛 물건과 함께 이것도
점두에 내놓아보려고
할 만큼 해본다

이미 글의 세상 아니며
시의 세상은 더더욱 아니라는 것
잘 알고 있으면서도
소비자들이 어떻게 쓸 만한 물건이라고 보아줄까
염두에 두고 연구한다

날 좋고 눈 밝아도
세상은 이미 저물어가는 때인 것 허망하지만
　　여보, 세상인심 흉흉하니
　　찬거리나 사가지고 얼른 귀가하시오—남편이
　　추신, 내겐 언제나 당신뿐이오

시 쓰는 와중에 가끔, 이런 잡문도 쓰면서

그림자를 밟지 않으려 애쓰며
한사코 시간의 뒤를 따라가본다

짤막한 노래

정직하고 부드러운 빵
아름다운 푸른곰팡이를 피워내는군
자신이 썩었음을 알려주는군

넋을 놓고 물끄러미

흐르는 물 속에서
무심코
달 아닌 달이 솟아오른다
나는 나를 가로막는 것과
나의 눈 사이의
빈 어느 곳에라도 시선이 있었다

지금 생각해보니
물 건너에 누가
죽어가기라도 했는가보다

동무로부터

나는 오늘 나의 책상서랍을 빼내어본다
옛날부터 오늘에 이르기까지 내가 살아온 흔적들을
말이 필요없었던 일과 말해야 되었던 일에 이르기까지
그렇지만 내가 그렇게 하지 못했던 흔적들을
살펴본다, 가족의 화목에 대하여
한 여자를 사랑하여
그 여자와 함께 살기를 바라는 것에 대하여
공부에 대하여
욕할 일에 욕하고
사랑받고자 하는 것을 감싸주는 데 대하여
그러나 그보다 먼저 나는
어떤 일에도 확신을 갖지 못하는
망설이며, 죄를 지으면서 살고 있다고 생각하는
내 자신에 대하여
낡은 일기와 새 지폐들을 뒤적이고 헤아린다
그동안의 나의 변모와
정리를 위해 버린 휴지 더미 속에 간간이 보이는

진실에 대하여
이처럼 재보(財寶)라고는 거의 갖지 못한 나의
가난에 대하여
나를 향한 동무들의 비난과
충고에 대하여
또는 나를 사랑하고 책망하는 동무의 표정으로부터
오늘 나는
내 자신을 돌아볼 시간을 갖는다
이제는 많이 지쳐 있는 나에게조차
지평선이 보인다고 생각하게 되는
내가 알 수 없는 곳으로부터 솟아나는 고마움 속에서
또다시 생활하기 위하여

이혼

수세식 변기처럼
물을 내리니 깨끗해지는군

　　새삼스런 이야기지만 똥이
　　재빨리 눈에 안 뜨이게 하는 것은
　　참 좋은 장치이다, 하긴
　　예전에는 거름으로 쓰기도 했었는데

노래

우리는 잠들었다
서로의 가슴을 파고드는 천진한 동작 속에서
털실 꾸러미 모양으로
잠들었다
우리의 고른 숨결로 달빛을 불러
젖빛 막에 싸인 물 속에
우리가 놀고 있는
거기에서
또는 그대의 바느질 상자 속에서
우리는 바늘과 골무와 실가위가
달그락거리는 소리를 들었다
포근하고, 달무리지고, 비 내리는 꿈 꾸는
우리들의 방
그 잠 속에서

파도

가슴 출렁거린다
여인아 바다로부터 달려오는가

구겨진 치맛자락에
안겨 있을 아기 어디 있는가

그러나 지금은 미쳐서 깔깔거리다니
내 발밑에서 몸부림치는구나

누가 네 사랑 앗아갔더냐
네 눈 가리었더냐

나 너를 바라보는데
너는 부서져
나를 홀로 물보라에 떨게 하는구나

나만의 인생, 어느 소년한테서 발견한

한 소년이 지금 막 복도를 달려간다
순간에 지나지 않을 시간 속을
달려간다, 동무들이 모두 집으로 돌아간
교실들 옆의 조금 어둡고 텅 빈 긴 복도를
달려간다, 방금 머리에 떠오른
기발한 어떤 장난질거리에 사로잡혀
거기, 어쩌지 못하여 금세라도 넘쳐날 것만 같은
기쁨이 번득인다

지금 소년의 마음이 소년의 마음을
들여다본다
누르려는 마음이 넘쳐나려는 마음을
아니면 누르려는 쪽이 넘쳐나려는 쪽을 겨우
나독이고 있음을
들여다본다

내 인생은 이와 같다

장난질을 생각하며 기뻐하지만
실은 심각하고
심각하지만 실은 거의 장난이나 그 비슷한 것으로
채워져 있다
그리고 이 모든 일은 순간의 범위 안에서
시작되고 끝난다
아마도 정작 진짜 장난이 시작되기도 전에

정작 진짜 장난이 시작되기도 전에
조금 어둡고 텅 빈
길게 느껴지던 복도의
끝은 나타난다
두근거림이란 결국
그리 오래가는 것이 아니다
　　아마도 진짜 장난은
　　죽음 뒤에 있는 것인지도 모른다

머리에서 머리로 전해 내려오는 이미지처럼

장난은 금단의 열매 같은 것일 수도 있다

그러나 나는 살아생전에 그것을

맛보지 못할 것 같다

아마도 그래서 그것이 금단의 열매이며

그 때문에 머리에서 머리로 전해지고야 말 뿐인 것이
겠지만

　내 인생이 키스처럼 혀에서

　혀로 전해지는 것이었으면 얼마나 좋으리

　그래서 그 무슨 실체를 맛볼 수 있는 것이었으면

어떤 식구

누군가
그 소리를 들었다
급한 걸음으로 산모퉁이를 돌아오는 그의 귀도
들었다

아낙의 편지에는 이렇게 씌어 있었다
　　이달 보름까지는 꼭 돌아오세요
　　당신에게 기쁜 일이 기다리고 있어요

그의 걸음이 더욱 빨라졌다

문고리가 보였다
　　내가 태어날 적에는
　　내 아버지가 저 문고리를 잡고 힘을 쓰느라
　　얼굴이 벌게지셨다지

마당은 조용하고

부엌에는 물이 끓고

방 안으로는
누워 있는 아낙의 모습이
조금 비쳤다

살그머니 내달리다시피 방으로 들어섰을 때
거기, 작은 천 한 모서리 아래
아내의 팔 아래 머리 누인
빨갛고 조막만하고 쭈글쭈글한 얼굴이
잠들어 있었다

아, 잔잔히 꿈결처럼 떠오르는 당신의
힘없는 힘없는 힘없는 웃음이여
나의 슬픔을 닮은 대물림의 그늘
감격의 아이여

병영 생활에서

나의 동료들, 또는 나의 계급장님들께서는
나에게 아무것도 묻지 않는다
그들은 나에게 명령 내리며
사나이의 세계와
사나이의 복종의 미덕에 명령 내리며
우리는 언제나 적과 싸우고 있으니까
라고 말한다
그렇지만 나는 적을 모른다
또는 사격장에서의 표적이
나의 적일 것이라고 생각한다

그들은 왜 나에게 아무것도 묻지 않을까
모든 것을 잴 수 있는 잣대를 내게 휘두를 뿐
그들은 왜 정말 나에게 아무것도 묻지 않을까
이제 나는
스스로도 알 수 없는 나만의 비밀 속에
상당한 날을 지내게 된다

이미 봄이 왔어도
혼자서 싹트라는 명령은 없었으니까
씨앗은 농부의 자루 속에 있게 될 뿐

오늘, 재앙의 슬하에서

　　요단강

느그들은 그렇게만 알아두거라
더이상 복잡허게 뭘 알라고 그러냐

　　요단강

더이상은 알 필요도 읎고 알 수도 읎응깨
또 느그들이 안다고 혀서, 쪼께라도
멀 어뜿게 헐 수 있을 것 같냐

　　요단강

건너가든 못허고, 물갓으로 물갓으로
몰켜든 몰켜든 꾸역꾸역 몰켜든
허떠깨비 구신 인총 대가리들이 넘실
넘실거리는구만, 괜시리 물만 자꾸 넓어지고 있잖여

꼴같잖은 것들이 이 와중에 웬 이불 보따리에
양석자루꺼정 짊어지고 납뛴디야

어이구 넘어나는구만 넘어나, 저걸
으째야써, 물살이 물살을 잡어먹는구만
대가린지 물살인지 보따린지
흙탕인지 똥덩이인지 뭐가 뭔지 모르것구만 잉
으매 님 일이 아니네, 허푸 허푸 허우적 허ㄱ

현대미술, 그중에도 개념미술에게

지금 막 누군가 이 방에 들어왔다
문 여는 소리가 들리고, 다음
발소리가 들리고, 다음
숨소리도 들었으니까

이 방은 칠흑의 어둠속이며
소리의 주인은 모습이 보이지 않는다
　　　이 발소리라면 그 주인이 누군지
　　　기억이 좀 나기도 하지
내가 나에게 물어보고
조용히 잊어버린다, 발소리도 물음도

내가 중얼거리는 잠꼬대 같은 꿈은 이런 것;
　　　옷 바깥으로 드러난 살이 야광으로
　　　빛나지 않으면 믿을 수 없어
　　　그래야 누군지 알아볼 수 있지
　　　그러니 결국 너는 이 방의 암흑인 게고

이 방에는 아무도 없는 거나 마찬가지야

나는 나의 재빠른 판단과 믿음이 경탄스럽기도 하고
피곤하기도 하고, 하품
가려운 곳이 생겨나기도 하고, 긁적긁적
운동 부족인 거 같아, 스트레칭에 엎드려 팔굽혀펴기
배도 고프고, 냉장고 속에서 되는 대로 꺼내어 배 채우기
  (냉장고 불빛 때문에 잠시 그 부근이 밝아지는군)

이런저런 잡다한 움직임 속에서, 끝내는
암흑이 내 몸을 적셔온다
  (젠장 무슨 밀물이라도 밀어닥치는 모양일세)
이제 너는 확실한 나의 분신 또는 그 이상이다
이쯤 시로 뒤섞였으면 우린
서로의 얼굴을 확인하지 않고 헤어져도 괜찮겠지
    잘 있거라, 이래도 되고, 아니면
    잘 가거라, 이래도 되는 게지

노래

젖가슴에 대하여

모란꽃 같고

조가피 같은 가슴

잔물결로 부딪히고

큰 물결로 쓰다듬고 싶은 가슴

무덤같이 올라와

그 골짜기에 나를 묻어주고

자장가는 자장가대로

잠든 내 귓가에 울고 있는 가슴

오, 이대로 내 산 눈에 흙 덮이겠네

제4부

알몸의 아이

세 살쯤 먹어 보이는
발가벗은 아이
풀 위를 걸어간다
발바닥이 따끔따끔할 때마다
풀은 쓰러졌다가
조용히 살아난다
어느 사이에 이 아이가 잠을 깨어
엄마 품을 빠져나왔을까
헝클어진 머리는
불새라도 기르는 듯이 타오르고
뒷머리에는 그저 그대로
엄마의 팔베개 자국이 남은 채
그렇지만 나는 이 아이가
기지개 켜는 것을 보지 못했다
어느 사이에 이 아이가 잠을 깨어
엄마 품을 빠져나왔을까
입술이며, 볼이며, 귓바퀴

팔꿈치며, 손가락이며, 동그란 어깨
이 몸뚱이란 몸뚱이의 온갖 곳이
발갛게 빛나고 있는 아이야
어젯밤에 나는 이 아이가
엄마의 건포도 같은 젖꼭지를 입에 물고
잠드는 것을 보았다
그런데 어느 사이에
몸에는 아침의 아지랑이나
걷혀가는 아침의 안개의
젖내음을 감고서
그 젖내음 한 오라기씩 풀어내며
걷고 있을까
매일 매일의 풀밭 위에
햇덩이라도 내리앉은 듯이
갸우뚱갸우뚱 놓이는 발꿈치마다
꽃 한송이씩
풀잎 사이서, 풀잎이 받들어 피어나되

하지만 오래 쳐다보면 쳐다볼수록
꽃대궁이 같은 아이가
떨고 있구나
왜 이 아이가 잠을 깨어
엄마 품을 빠져나왔을까
풀밭을 지나서
새순의 손가락 끝에 빨갛게 피맺혀
가시에 찔린 대로
아 그러나 많은 꽃을 꺾어 가지려고나 그러느냐
매일 매일의 풀밭 위에
새로 태어나듯이 울어버리는
알몸의 아이야

명랑한 시절

유행하는 말 옮기듯 여자애들이 말한다
피기도 전에 시들었다고
튼튼한 여자애는 지저귀듯이
수척한 여자애는 정말 시드는 것처럼

나 잠깐 그 애들 선잠 속에
잠옷 같은 꿈으로 살았나보다
그 애들 말 깜빡 믿을 뻔했으니

하지만 나 정말은 시든 꽃을 모른다
해가 뿌리는 고른 빛 속에, 나의 입맞춤
꽃들의 이런저런 향기 너무 잘 알고 있을 뿐

수많은 양아치 무리들을 생각할 적에

　　　약삭빠른 놈들의 아버지
예수, 후안무치한 놈들의 아버지
예수, 저 혼자 잘난 놈들의 아버지
예수,
　　　晝耕夜讀, 제 마음대로
　　　남의 집 문을 두드리도다

　　　불화를 일으키는 놈들의 아버지
예수, 고요를 깨뜨리는 놈들의 아버지
예수, 마음을 어지럽히는 놈들의 아버지
예수,
　　　晝耕夜讀, 제 마음대로
　　　남의 집 문을 따고 들어오도다

　　　불안을 키우는 놈들의 아버지
예수, 아무나 죄인 취급하는 놈들의 아버지
예수, 언제나 제 꽁무니만 따르기를 바라는

　　　건달 두목 같은 놈들의 아버지
예수,

　　　晝耕夜讀, 제 마음대로
　　　남의 부부 함께 자는 이불 속으로 들어와 눕도다

말이 많은 내 자신에 대하여

침묵의 낯짝으로
무수한 침방울이 튀었다가
사라진다(말하자면, 침묵은
　예기치 못한 봉변을 당한 셈이다)
지껄인 말들이 산산이 부서지면서
잠시 무지개 이뤄내는 물보라인 양
오해와 착각을 빚어내면서
사라졌다, 수족관 안의 열대어처럼
화려한 빛깔, 이거 빛깔이야 자랑하면서
거기, 확신을 확신한 치가
못내 아쉬운 듯
아름다운 무늬의 제 꼬리를 돌아보며
흔들고 있다
무슨 그럴듯한 이별 장면의 손수건처럼
아니, 제 발언의 꼬리를 돌아보며
스스로 아름다움을 인정하고 감탄에 잠긴다
아, 아직도 밤기운이 보드라운

좋은 날씨의 시간이로구나
침묵 속으로
좋은 날씨의 시간이 나의 입김을
받아들이는구나, 밤의 기운이
이런 식으로 생각하면서

모처럼의 각성

회한이 깊어졌다
그놈 밟으면 뽀드득거리는구나, 눈 쌓인 날처럼
빌어먹을, 뒤틀리고 다져지는 소리 터져나오는구나
빌어먹을, 발가벗긴 몸 위에 선명한 발자국도 찍히는
구나

노래

우리의 기억이 대지이거나 그 대지가 튀겨 올린 뜨거
운 불볕 쬐는 날의 옥수수의 아이라면, 우리가 우리의 팔
을 뻗어 가릴 수 있는 하늘만큼으로 기억에 뿌리를 내려
뻗어, 그 뿌리가 지렁이의 잠이거나 지렁이의 꿈을 이룰
수 있으되, 그렇지만 우리의 기억은 외출에 당하여, 갈
곳도 올 곳도 모르고 다만 불어제끼는 바람에 씻겨 돌아
올 수 없는 외출에 당하여, 움켜쥔 손의 손가락 끝을 통
하여 달아나는 우리 몸뚱이의 마지막 온기이거나 그 마
지막 온기마저도 허공에 얼어붙되, 그렇지만 언 땅에 부
딪는 삽의 목숨의 비명 속에 우리가 우리의 주검을 묻고
온 날에, 주검에 더불어 망연히 혼백을 마저 묻고 온 날
에, 우리가 우리의 모든 것을 묻은 기억 속에, 우리가 묻
힌 대지이거나 그 대지의 흙을 안고 돌아오겠네
　　바람 부는 곳으로
　　옴, 평안이여 평안이여 평안이여*

* 모든 우파니샤드의 마지막 구절인 '옴 샨티 샨티 샨티'의 번역.

소년 시절에

가지가지 의혹에 사로잡혀
고개 숙이고 발걸음 옮길 때
영혼을 앗아가는 듯한
새소리를 들었다
영롱한 빛깔일지도 모르는
의혹 그 자체인 새는
울음소리를 남기고
저만치, 하늘인지 나무 사이인지로
사라졌다
나는 그 자리에 멈춰 서서
놓친 의혹을 안타까워하며
그 어디인지도 모르는 새가 사라진 쪽을
넋 놓아
바라보았다
거기, 해가 저녁을 향하여 떨어지며
자꾸만 내 눈을
들여다보았다

내 멋대로 짐작하는 일로서, 해는
생각에 잠겨 걷던 나의
뒷머리 쓰다듬으며
고개 들기를 기다리고 있었겠지
그리고 오늘도 그냥
하루가 갔구나
알 수 없는 부끄러움으로
낯이 뜨거워졌다
아니면, 저무는 햇볕의 은혜로써
마지막 온기를 받은 것인지도 모르지만

사태의 추이를 따르는 관찰

과일의 핵에서
    또는 짐승의 심장에서
부서져내리는 햇살의
가루들, 침전되는
개체 분할의
번득이는 금속성 결별들

몸을 뚫고 나오는
수만 개 칼날 또는 톱니들의 자기 주장
    '수만 개의 칼날(또는 톱니들은)
    각각
    하나의 생명체로 사료됨'의 진단서

몸과 마음의 등돌림
    또는 한 몸 안에서의
    소화기와 호흡기의 등돌림
자기 눈으로

자신의 등을 확인하기 위한 것으로 보이는
　　소화기—호흡기
　　위—폐
　　위조지폐
의 흩날림
그들 각각의
되풀이되는, 곤두박질의 등돌림

개체 분할의 단위성(單位性)
부유물의 입자들
확대경을 통한 소멸 현장의
부서져내리는 햇살에서
튀는 얼음파편의
번득이는 금속성 결별들
오, 뿜어 번지는 피

상대가 바라는 대로 다 내주는
새로운 방식의 타협,
옛날부터 새롭고 지금도 새로운
자본주의식 설득과 요구에 답하여

너희를 이해해줄 수 없냐구
　　그래, 이해하마
　　너희가 바라는 대로
　　그리고 그것을 너희에게 주겠다
　　너희가 바라는 대로
이제 됐냐, 그러면 그것을 다 가져가거라
나는 지금 더이상 '이해' 같은 것 필요치 않다

우리더러 조용히 해줄 수 없냐구
　　그래, 조용히 하마
　　너희가 바라는 대로
　　입 벌리지 않고 발소리 내지 않고 숨 쉬지 않고
　　너희가 바라는 대로
　　그리고 그것을 너희들에게 주겠다
　　너희가 바라는 대로

이제 됐냐, 그러면 그것을 다 가져가거라
나는 지금 더이상 '조용히' 같은 것 쓸 데가 없다

여귀(厲鬼)[*]의 노래

한번 맛본 죽음의 맛

곶감꽂이에서 곶감 빼먹듯이 먹고 싶어

범 쫓은 그 곶감 먹고 싶어

어둠속에 놓인 하얀 손아귀 주먹처럼, 그것 먹고 싶어

두려워 떠는 내 간 먹고 싶어

웃으면서 먹고 싶어

내가 미치지 않으니까 먹고 싶어

* 제사를 못 받는 귀신.

마취, 정도를 넘으면 몸에
독성 물질을 집어넣는 일이 되고 마는

언제가 그때인가를 모르면서
언제가 그때인가를 모르는 가운데;

　　　이 세상,

죽음을 기다리는 시간이
죽음을 향하여 다가가는
　　　그 어떤, 시간이
　　　두렵다
죽음을 기다리는 시간이
죽음을 향하여 다가가는
　　　그 어떤, 시간이
　　　두렵고
죽음을 기다리는 시간이
죽음을 향하여 다가가는
　　　그 어떤, 시간이
　　　두려우니

죽음을 기다리는 시간이
죽음을 향하여 다가가는
　그 어떤, 시간이
　두려워서
죽음을 기다리는 시간이
죽음을 향하여 다가가는
　그 어떤, 시간이
　두려울까
죽음을 기다리는 시간이
죽음을 향하여 다가가는
　그 어떤, 시간이
　두렵구나

　이 세상,

아 이렇게 지루하도록 거듭거듭
흐르는 시간의 소리

시간이 흐르는

그 어떤, 소리를

듣는다

시는 역시 서정성이 그중 으뜸이라고 인정받은
이른바 서정시들에 대하여

힘깨나 쓸 만한 남정네들이
힘깨나 써도 시원찮을
한창때의 십수년, 이십수년을
나물이나 무쳐 먹고
염소 우는 소리로 신세타령하는 것
듣기 싫구나, 에이 귀라도 먹었다면 앵벌이 같은 그 소리
아니 들을 것을, 귀는 왜 뚫려가지고

애깨나 낳을 만한 젊은 처자들이
애깨나 낳을 만한 일 만들어도 시원찮을
한창때의 십수년 이십수년을
가녀린 피리 소리로 호궁 소리로
온갖 악기 울리면서 몸 배배 꼬는 것
보기 싫구나, 눈 감아라 눈 감았다
그래도 보이는구나, 에이 눈은 왜 뚫려가지고

이제 시대는 세련된 것을 좋아하느니

세련을 위해서라면 자식이
부모라도 팔아먹어 마땅할 일이로되
슬픈 정서를 보존하려거든
거짓 애원성이라도 애원성이 좋구나
에라 만수, 어허라 대신이야
복에 겨워 슬픔이 애호되는 시절이로다

견유학파

옛날은 갔다
그리고 지금 나와 나의 친구들이
오고 있다
일렬종대도 일렬횡대도 아닌 그들이
능욕당한 이 땅에
능욕의 씨앗인 그들이
오고 있는 것이다
그들의 분노는 오래 전에 치욕이었으므로
그들은 짖지 않는 개가 되어 오고 있다
견유학파들
굶주림과 짓밟힘을, 자조와 굴종을
즐거움으로 마음먹은 그들
모든 진리와 힘의 명제를 버린 그들
옛날은 갔고, 지금
빛을 쏘이면 증발해버리는
나와 나의 친구들
또는 그들, 이미 오랜 옛날에 미쳤던 개

꼬리의 그림자가

오고 있는 것이다

노래

바람이 분다
죽어보아야겠다
새로 개발된 병명(病名)들을 지껄이면서

죽어보아야겠다
새로 만든 무기와 새로운 통치 방식들에 적응하면서
갉아먹는 것처럼 이룩할 수 있는 평화와
아는 사람이 있어야 접근할 수 있는 진실과
우선 순위가 있는 사랑을 위하여

바람이 분다
손 잡고 모두 함께
죽어보아야겠다

　　신이여, 전능하신 파워여
　　우리가 겨우 개발해낸 온갖 병들로
　　우리를 시들게 하시고

우리가 애써 만든 모든 무기들을
서로에게 퍼붓게 하소서

길 건너편을 보는 것처럼

내가 행복에 싸여 있을 때
나는
죽음을
아주 무르익은 그 열매를
거두어들이는 부지런한 몸짓을
자꾸만 보여준다

내가 온실에 있을 때
거기, 사철을 두고 열리는
그 열매들 가운데 하나를 따는 것은
쉬운 일이다

그때 나는
마음의
어둡고 두려운 길을 지나지 않고도
그 열매의 꼭지에
손을 댈 수 있게 될 터이니까

이상한 어떤 '새'에 대하여

김영춘

박경원의 시 「가객의 꿈」을 읽었을 때 그가 쓴 시와 그의 삶의 방식이 정말 이렇게 같을 수도 있는 것인지 믿어지지 않아서 몇차례 다시 읽어보고는 한편으로 놀라고 한편으로 안타까워 나도 모르게 한숨을 내쉬었다. 내게는 그의 시 「가객의 꿈」이 다채롭다 못해 가닥을 잡아 이야기하기조차 쉽지 않은 그의 시세계를 들여다보는 열쇠로 여겨졌다. 이에 기대어 나는 또 그의 삶의 방식을 헤아려보려 한다. 그의 시에 접근하기 위해서는, 사람을 이해함으로써 그 사람의 시를 이해하는 방식이 적절할 것으로 생각되어서이다.

　"동시에 여러 나무에서 노래하려던 새가 / 내 가슴 안에서 죽었다 / 회상하건대 그 새는 / 참으로 바지런히도 뛰어다녔다"는 구절로 시작하는 이 시는, 불가능한 것에 대한 희망과 그로 말미암은 절망을 언급하면서, 불가능한 것을 위하여 애쓴 정황도 제시한다. 내용인즉슨 자못 심각하지만 한편으로 사람들은 치밀할 수밖에 없고 게다가 부지런하기까지 한 어떤 이의 모습을 기대할지도 모르겠다. 하긴 그는 때에 따라서 정말로 '바지런히도 뛰어다니'는 모습을 보여준다. 그러나 나는 이 대목에서 의미심장한 웃음을 보이지 않을 수 없다. 이제 나는, 사소한 약속시간조차 잘 지키려고 온갖 부산을 떨어보지만 결국은 사람을 기다리게 하고야 마는 사람, 끝내는 부지런한 쪽인지 아니면 게으른 쪽인지 구분할 수 없도록 해서 우리를 바보로 만드는 어떤 사람에 관하여 적어야 하기 때문이다. 조급한 마음에 결론부터 말하자면 박경원 형은 참 부지런한 사람이다. 그의 영혼은 어찌나 어린아이처럼 호기심이 넘치고 바람처럼 가벼운지 항상 온 우주를 종횡질주한다. 온 우주를 종횡질주한다는 점에서 그는 부지런하다. 오로지 다른 이의 발걸음이 그 자유로운 행보를 따라잡기에는 늘 무겁고 어려울 따름이다. 그 새는 참으로 바지런히도 뛰어다녔음이 확실하다.

90년대 초반, 형을 처음 만나던 날이 기억난다. 학교에서 해직당한 안도현 선생이 익산에 살고 있을 때였는데 전교조 지회소식지를 찾아오기 위해 역전 부근의 중앙시장을 선생과 함께 걷고 있었다. 걷고 있었다기보다는 대학 졸업 후 정말 오랜만의 여유로 옛날을 추억하며 그 골목을 안아보고 있었는지도 모르겠다. 시장 길 양쪽 가판에 늘어선 온갖 먹거리의 풍성함과 일용품들의 깨끗한 가난과 저마다의 살림을 꾸려가는 정겨운 눈빛들을 지나서 시장 골목이 끝나가는 곳 건물 2층에 둥지를 틀고 형은 출판사를 열고 있었다. 문을 열고 들어서서 손을 잡고 인사를 나누다가 나는 정말 깜짝 놀라고 말았다. 당연히 놀랄 줄 알았다는 듯이 안선생은 비식이 웃으며 나를 바라보고 있었다. 아니 그분과 똑같은 사람이 여기에 또 있다니. 중앙시장 골목 끝 2층 건물 어느 출판사에 옛 선생님이 나타나 내 앞에 웃고 계셨던 것이다.

내놓을 게 별로 많지 않은 어린 젊은 시절, 우리에게 시를 알게 해준 선생님이 한 분 계셨다. 우리는 그분을 이야기할 때 존경 어쩌고 하는 상투적인 표현을 써본 적이 없다. 우리는 그냥 선생님을 좋아했다. 돌아보면 그분은 어느 하루 한순간을 막론하고 자유로운 영혼과 순결한 열정과 불의에 대한 분노와 시에 대한 경외와 우리에 대한 한없는 사랑 이외엔 가진 게 아무것도 없을 것 같다는 착각을 우리에게 남기고 떠나셨다. 그분은 호운 박항식 시인이다.

누군가를 만나서 그 사람의 삶이 나의 가슴에 들어오고 그 관계를 이어내려와 서로 영향을 주고받게 되는 사이로 지내게 된다는 것은 분명 각별한 계기가 없고는 불가능한 일일 것이다. 시장골목 끝에 자리잡은 출판사에서의 범상치 않은 첫 만남과, 그가 우리 선생님의 아들이었다는 우연한 인연은 뒷날 문학판 뒤풀이자리에까지 이어지게 된다. 돌아가신 이광웅 시인을 그리며 경원 형이 불렀던, '봄이면 사과꽃이~'로 이어지는 섬뜩하면서도 단정하게 아름다운 노랫가락은 오랫동안 내 가슴을 저미게 했다. 오죽하면 부안에 살던 내가 술이 취해 형에게 전화를 걸어 한번만 더 불러달라고 졸랐겠는가.

형과의 기억은 모두 특별하고 강렬한 힘으로 온몸의 핏줄 속에 남아 흐른다는 느낌을 받는다. 이것은 그의 삶을 대하는 태도나 일을 대하는 방식과 관련이 있다고 나는 해석하고 있거니와, 그가 참교육학부모회 익산지회장을 맡고 있을 때 익산에서는 고교평준화 운동이 한창 진

행되고 있었는데, 당연히 지역명문이라 자처하는 학교 동문들의 자심한 반대가 있었다. 그때 형이 지역신문에 발표한 글의 끝마무리가 "그래! 너희들끼리 잘 먹고 오래오래 잘 살아라" 하는 내용이어서 얼마나 통쾌했던지 오랫동안 잊혀지지 않는다. 아마 형도 그 학교 동문이었을 것이다.

"동시에 여러 나무에서 노래하려고 부린/둔갑술의 잔해로서/몸을 찢어발겨 널어놓은 채"(「가객의 꿈」)라도 그의 정신은 늘 새로운 세계를 꿈꾼다. 그에게 꿈이니 혁명이란 우리가 일반적으로 알고 있는 계급적 혹은 사회적 혁명보다 훨씬 더 근본적인 욕구와 물음이어서 모든 고착되어 있는 것에 대한 의도적인 배반이라고 할 만하다. "정직해야 한다는 사람이나/정직한 척하는 사람이나 한가지로/우스운 사람들이다"(「혁명의 씨앗」)라며 대충대충 이 세상을 살아가는 우리들의 가슴을 향해 아무렇지도 않게 칼날을 들이대는 것이다. 생각해보면 적지 않은 토론의 자리에서, 술자리에서 형이 아무렇지도 않게 저지르는 의도적인 배반 때문에 얼마나 자주 난처하고 부끄러워했던가. 그때 그 새의 영혼은 왜 그렇게 바지런히도 뛰어다녔던가. 그 대답은 아주 명쾌하고 단순하다. 동시

에 여러 나무에서 노래하고자 하는 꿈과 열망이 한 나무에
서 노래 부르는 것에 만족할 수 없게 만들었기 때문이다.

> 아무래도 사람은 한가지로밖에 살 수 없는 것인가
> 이런 생각마저 들 때면, 낙망한 나머지
> 변하지 않는 삶에 열화가 쌓이기도 한다
> 이럴 때 종교서적 따위
> 이를테면 경전 같은 것을 뒤적이거나
> 공간이동법이나 시간이동법을 생각하기도 한다
> 시작은 이렇게 되는 것이다
>
> ―「혁명의 씨앗」 부분

'한가지로밖에 살 수 없는' 삶과 그런 삶에 대한 낙망
과 그에 따른 혁명의 씨앗은 그의 가슴속에서 그렇게 이
어지고 있는 것이다. 다양성의 추구와 의도적 배반이야
말로 우리로선 이해하기 어려웠던 형의 인생으로 들어가
는 비밀 문이 아닌가 생각해본다. 불가능에 가까운 방식
을 고집하던 새가 결국 제 몸을 여러 조각으로 찢어서 여
러 나무마다 널어놓고 노래를 불러보는데, 피 흘리며 부
르는 그때의 노래는 결코 울음이 아닌 '루룰룰루 라랄랄
라'이다.

나 일찍이 깨달음이나 그것을 구하는 일에

미혹되지 않으려 하였으니

그로 말미암아 배고프고 목마를 일 하나 없구나

이로부터 줄곧 무식하므로

괜한 걱정 하나는 던 셈이로다

눈에 보이기로 몰라서 답답한 일 있기보다

알아서 욕된 일 많으니

깨달음 얻어보리라는 사기 놀음에는

기어코 가담하지 않으리라

깨달음보다 급한 일 지천이며

깨달았다 하나 깨닫지 않은 것만 못한 일

또한 지천이로다

—「루룰룰루 라랄랄라」 부분

　이룰 수 없는 꿈들을 버리지 못해서 부대끼며 살아가야 하는 이들의 삶이야 불을 보듯 뻔한 일이 아닌가. 내가 누구를 이롭게 했으며 내 인생이 어떤 의미를 지녔는가 하는 고전적인 물음을 굳이 들먹이지 않더라도, 형이 살아온 날 또한 순탄치 않게 흘러왔음에 틀림없을 것이다. 그럼에도 불구하고 그는 여전히 명랑하다. 가족과 떨어져 있는 몇년여의 시간에도 장보기며 조촐한 먹을거리의 준비며 이런저런 살림살이를 '루룰룰루 라랄랄라' 혼자서 즐겁게 해나간다. 어떤 패배에도 끄떡없을 것 같은 그의 명랑함의 밑바닥에는 세계를 바라보는 정확한 눈길에서 비롯된 거대한 자존의 지층이 웅크리고 있기 때문이다. 가끔 술을 마시다가 주제넘게 형의 인생에 끼어들어 훈수를 둬보는 일도 있긴 하지만 나는 하릴없이 그의 코털조차 움직이지 못하고 말 거라고 생각하게 되는 것이다.

"새는/그것을 바라보는 내 눈의/고인 눈물에조차 노래를/남기지 못했다."(「가객의 꿈」) '동시에 여러 나무에서 노래하'고자 했던 새가 결국은 제 '몸을 찢어발겨' 여러 나무에 '널어놓'고 나서도 그것을 바라보는 제 눈에 고인 눈물에조차 노래를 남기지 못한다. 울음이 될 것 같은 노래를 부르는 것조차 아예 포기했던 그 새의 날갯짓을 한번 들어보자. 내내 틀어쥐기 어려웠던 고단한 삶의 역사적 가치나, 자본의 그물망에 사로잡힌 문학판 현실에 대한 그의 인식이 잘 드러나는 시가 우리를 기다린다.

힘깨나 쓸 만한 남정네들이

힘깨나 써도 시원찮을
한창때의 십수년, 이십수년을
나물이나 무쳐 먹고
염소 우는 소리로 신세타령하는 것
듣기 싫구나, 에이 귀라도 먹었다면 앵벌이 같은 그 소리
아니 들을 것을, 귀는 왜 뚫려가지고

애 깨나 낳을 만한 젊은 처자들이
애 깨나 낳을 만한 일 만들어도 시원찮을
한창때의 십수년 이십수년을
가녀린 피리 소리로 호궁 소리로
온갖 악기 울리면서 몸 배배 꼬는 것
보기 싫구나, 눈 감아라 눈 감았다
그래도 보이는구나, 에이 눈은 왜 뚫려가지고

이제 시대는 세련된 것을 좋아하느니
세련을 위해서라면 자식이
부모라도 팔아먹어 마땅한 일이로되
슬픈 정서를 보존하려거든
거짓 애원성이라도 애원성이 좋구나
에라 만수, 어허라 대신이야

복에 겨워 슬픔이 애호되는 시절이로다
　　—「시는 역시 서정성이 그중 으뜸이라고 인정받은
　　　　　이른바 서정시들에 대하여」 전문

　긴 제목의 이 시를 읽다가 나는 엉뚱하게도 대륙을 달리는 말발굽 소리를 듣는 환청에 빠진다. '앵벌이 같은 그 소리'에서는 내가 시를 쓴답시고 공연히 울면서 사랑과 진실을 구걸하고 있는 것은 아닌가 하고 뜨끔하지만, 그렇지 않아도 한해에 몇편 쓰다가 마는 시를 그나마 못 쓰게 된다면 기를 죽인 형에게도 책임이 좀 있다고 우스갯소리를 하면서 슬쩍 빠져나오고 싶은데 '복에 겨워 슬픔이 애호되는 시절이로다'에 이르면 다시 꼼짝 못하고 건강하며 유장한 시의 호흡에 사로잡히게 되는 것이다. 이쪽 지역에서 맏형 격인 정양 선생께서는 나를 만날 때마다 "경원이 어떻게 잘 있어?" 하며 맨 먼저 물으시는데 그 양반의 껌벅이는 눈 속에는 늘 '특별한 인간'에 대한 걱정이 가득하다. 꼿꼿한 생각을 하는 형은 항상 자신의 생각을 현실 속에서 곧이곧대로 드러내고 마는 사람이니 그 아니 걱정이 되겠는가?

　"푸른 하늘 아래/아무런 기쁨도 간직하지 못한 채/굶

주려 드러난 가슴뼈처럼/부러지기 쉬운 마른/나뭇가지들을 내버려두고"(「가객의 꿈」). 그는 여전히 꼿꼿히 목을 세운 채 걸어가고 있다. "장난질을 생각하며 기뻐하지만/실은 심각하고/심각하지만 거의 장난이나 그 비슷한 것으로/채워져 있다"(「나만의 인생, 어느 소년한테서 발견한」)고 중얼거리는 그에게도 시간은 어느덧 세월이 되어 선명한 발자국을 찍고 있는 것이다. 신음소리여야 맞는데 형답게도 그것이 신음소리 아닌 다른 어떤 소리인 것처럼 묘하게 둘러대면서.

> 회한이 깊어졌다
> 그놈 밟으면 뽀드득거리는구나, 눈 쌓인 날처럼
> 빌어먹을, 뒤틀리고 다져지는 소리가 터져나오는구나
> 빌어먹을, 발가벗긴 몸 위에 선명한 발자국도 찍히는구나
>
> ―「모처럼의 각성」 전문

이 시를 읽으면서 오십을 긴단히 넘긴 형의 인생을 생각하자니 참으로 '시간 너머에 존재하려는 욕망이' 부단히도 흘러갔구나 싶다. 서울로 익산으로 거듭 서울로 익산으로 오르내리며 가졌던 몇가지 직업들과 그때마다 얽

힌 사연들, 어려운 시절의 학부모 운동, 청소년을 향한 마음씀과 그들을 위한 여러 기획안들, 우리 농산물에 대한 애정에서부터 통일의 열망에 이르기까지 인권과 생명과 평화를 살려내는 일이라면 형의 가슴은 뛰고 입을 열어 쉬지 않고 발언하며 꿈꾼다. 누구에겐가 이로운 일이라 여겨지면 자신이 지금 무엇을 하던 중이었던가를 잊고서 매달린다. 어떤 때는 진지하게 또 어떤 때는 어린아이처럼.

좋은 시 앞에서 유치하지 않은 산문이 어디 있을까마는, 가까이 함께 오래 산 죄로, 더불어 마음이 약간 통했던 죄로, 화날 때도 있었지만 제대로 화를 내지 못했던 죄로, 가까이 살면서 형의 좋은 뜻을 잘 살려내지 못한 죄로 이 글을 쓰고야 말았다. 끝내 나는 쓸모없는 일에 나선 셈이다. 누구든 「동무로부터」라는 시 한편만 읽어도 그를 제대로 확인할 수 있을 텐데 나는 또 변죽만 울린다. 명랑한 사람의 시에 명랑한 마음으로 입맞추다가 가슴이 쩡하면서 결국 눈물 글썽이는 것, 아주 잠깐 동안 숨을 멈추고서. 이것이면 되는 것을 괜시리…….

나는 오늘 나의 책상서랍을 빼내어본다

옛날부터 오늘에 이르기까지 내가 살아온 흔적들을
말이 필요없었던 일과 말해야 되었던 일에 이르기까지
그렇지만 내가 그렇게 하지 못했던 흔적들을
살펴본다, 가족의 화목에 대하여
한 여자를 사랑하여
그 여자와 함께 살기를 바라는 것에 대하여
공부에 대하여
욕할 일에 욕하고
사랑받고자 하는 것을 감싸주는 데 대하여
그러나 그보다 먼저 나는
어떤 일에도 확신을 갖지 못하는
망설이며, 죄를 지으면서 살고 있다고 생각하는
내 자신에 대하여
낡은 일기와 새 지폐들을 뒤적이고 헤아린다
그동안의 나의 변모와
정리를 위해 버린 휴지 더미 속에 간간이 보이는
진실에 대하여
이처럼 재보(財寶)라고는 거의 가지고 있지 못한 나의
가난에 대하여
나를 향한 동무들의 비난과
충고에 대하여

또는 나를 사랑하고 책망하는 동무의 표정으로부터
오늘 나는
내 자신을 돌아볼 시간을 갖는다
이제는 많이 지쳐 있는 나에게조차
지평선이 보인다고 생각하게 되는
내가 알 수 없는 곳으로부터 솟아나는 고마움 속에서
또다시 생활하기 위하여

—「동무로부터」 전문

金榮春 | 시인

시인의 말

나를 용서하기로 하고 책을 묶는다.
무엇이 되지 않으려 살아온 끝에
아무것도 제대로 할 수 없다시피 되었으니
이것이 업이라는 거겠지.

나는 본시 활달하고 다채로운 것을 좋아하지만
그도 쉬운 일은 아니라는 걸
뒤늦게 읽는 중이다.

흰머리가 다시 검은머리로 되기를
떨군 이에서 다시 새 이가 돋기를, 기다리려 한다.
시간과 나의 싸움에서
이치구니없게도, 시간이 내게 조금만 져주기를.

2005년 9월

박경원

창비시선 255

아직은 나도 모른다

초판 발행/2005년 9월 30일

지은이/박경원
펴낸이/고세현
편집/김정혜 문경미 안병률 강영규 김현숙
미술·조판/정효진 한충현
펴낸곳/(주)창비
등록/1986년 8월 5일 제85호
주소/413-756 경기도 파주시 교하읍 문발리 513-11
전화/031-955-3333
팩시밀리/영업 031-955-3399 · 편집 031-955-3400
홈페이지/www.changbi.com
전자우편/literat@changbi.com